句集

桜人

岸しのぶ

文學の森

序

岸しのぶさんの第一句集『流水』が東京四季出版から平成俳句叢書として平成十年四月五日に出版されて、あっという間に十八年経ってしまった。今年、文學の森から第二句集『桜人』を出版されることになった。第一句集のときは、昭和四十年から平成九年までの俳句であった。

昭和四十年から四十五年まで、御主人の岸正儀子さんが読売新聞の記者として紀州の田辺に住まわれていたときに、静養に来られていた山口誓子先生との出会いがあり、地元の俳人である加田貞夫さんの手引きで俳誌「天狼」に入会され、御主人共々俳句人生がはじまった。昭和四十年のことで、私と同年の三十四歳のときであった。

その後、故郷である岡山県津山市に住まわれて津山出身の俳人・美濃眞澄先生の御指導を受け、「天狼」でも活躍された。美濃眞澄先生は戦後大阪の高槻市で医院を開業され、高槻で俳句の指導をされていた。私も近くの茨木に住んでいた昭和三十五年頃そこへ入門し、御指導をいただいた記憶がある。

平成六年三月、「天狼」主宰の山口誓子先生が御逝去後、私が「天狼」の後継誌として「築港」を創刊・主宰したときに、しのぶさんも正儀子さん共々御参加いただいた。その後、「築港」津山支部を結成されて、門人の育成に努められている。

句集『桜人』は、平成十年から二十七年までの俳句三一四句を五章に分け、それぞれ章題をつけてまとめてみた。

「花筵」（平成十年〜十三年）

花を見て城の隅隅まで歩く

薄き膝正座崩さぬ花筵

流し雛無人の駅の混み合へり

長城の風に畳める白日傘

津山は美作《みまさか》の国の歴史と文化の城下町である。津山城は初代藩主・森忠政が十二年の歳月をかけて、一六一六年（元和二年）に完成させた平山城。城跡の鶴山公園は日本の桜の名所百選にも選ばれている。

「城の隅隅まで歩く」はまことに俳人らしい感じがする。写生派だ。

「花筵」の句は、桜の花の下で筵を敷いて宴会をしている。女性だから正座を守って、男性と一緒に花の宴をしている。「薄き膝」という表現が実に言い得て妙だ。

「流し雛」は南海電鉄加太線の加太駅から歩いて十分ほどの淡嶋神社だろう。三月三日に雛流しの神事がある。

長城の句は「北京」の前書きがあり八句並んでいる。紫禁城なども昔行ったのでなつかしい。

「花見酒」（平成十四年〜十七年）

無人駅除雪スコップ備へあり
蛙鳴く曲り腰にて歩の早し
目を残し表も裏もなき日焼
渡り来し島には島の蟬時雨
銀河濃し一夜泊りの母の家
花見酒仏と酌んで酔ひにけり
そろそろと試歩ちらちらと桜散る
たつぷりとあるわが時間夕焼ける
今日の風選んで紅葉散りにけり

無人駅の除雪スコップはいかにも雪国らしい感じだ。私が若いときにいた北陸線の七尾駅にも、除雪用のスコップが置かれていた。無人駅といえば、今私が住んでいる近鉄生駒線の東山という駅も、私が来た昭和五十九年頃は無人駅で、駅舎もなく駅員もいなかった。無人駅に詩情を感じる。

「曲り腰」はよく見かける。自分も外から見たらそうかも知れない。腰が曲っていてもとぼとぼと歩くのではなく、さっさと歩いているのに驚く。顔も背中も日焼けしているのに、目だけを白く残しているのが面白い。

船に乗って島に渡ってきたが、「島には島の蟬時雨」で出迎えてくれた。同じ蟬でも所によって鳴き声が異なる。そこに目をつけたのは矢張り立派な俳人だ。母の家に行ってもっとゆっくりしたいのに、いろんな事情で一夜泊りとなった。母への思いを銀河に託してうまく表現されている。

花見酒を飲んでいるが、仏となった愛する御主人と俳句の話でもしながら酔ってしまったのだ。花見酒が淋しくて悲しいが、御主人への思いが深く表現されている。

身体を弱くしてそろそろと足慣らしをしていると、桜もそれに応えてちらちらと散っている。桜が応援しているようだ。自分独りの生活で自由な時間がたっぷりとあるのだろう。「わが時間」という言い回しが面白い。紅葉が散るときに風を選んでというのが面白い発想だ。作者の写生眼が光っている。

「秋灯下」（平成十八年〜二十年）

特攻機征きたる空の風花す
灯を消して銀漢窓へ引き寄せる
夫読みしもの読み進む秋灯下
歩く人走る人あり若葉道
美作は念仏一途木の芽風
新米を提げていつもの庭師来る

特攻機とは七十年前の嫌な戦争を思い出す。風花のする空を見て、当時のことがふと湧いて出てきたのだろう。秋空に美しい天の川が走っているので、部屋の灯を消して空の天の川を引き寄せているのだ。俳人のよくやることだ。一段と天の川が美しくみえる。

勉強家で研究熱心な御主人がたくさん残した本を、今改めて読み返しているのだ。本の内容よりも御主人に対する愛情の深さがうかがえる。若葉道を歩いていると、じっと若葉を見つめる人、ゆっくりと散歩する人、駆け抜けてゆく人がいる。いろんな人がいるもんだと思いながら、句作に耽っているのだ。よく見かける風景。
美作は岡山県の旧国名。心に仏の姿を感じ、口に仏名を唱えている。他をかえりみずひたすらに拝んでいる。美作はそんな国柄なんだろう。いつも庭の手入れに来てくれる庭師が、今日は新米を持って来てくれた。有難いことと感謝している。

「玄室」（平成二十一年～二十三年）

玄 室 の 巨 石 に 滲 む 花 の 雨
水を打つ身の振り方を決めてきて
長き夜のペンより重きもの持たず
暑に耐へてなすこともなく爪を切る
流 す ま で 雛 に 傘 を 差 し か け る

玄室とは横穴式石室の主要部分で、棺を納める墓室。奈良の飛鳥を思い出す。その大きな石が花の雨に濡れているのだ。「滲む」とはうまく言ったものだ。暑さと埃をしずめるために、門前や庭に水を打っている。身の振り方を決めてきてほっとした気持ちがよく表出されている。

秋の夜長に、句作や添削とか多忙を極めておられるのだろう。「ペンより重きもの持たず」とは俳人なら同感できる。まさにその通りだ。暑さに耐え、特別にすることもないので、指や足の爪を切っている。所在なさがうまく表現されている。

雛流しは自分の家の雛も流すだろうが、俳人はよく紀州や鳥取の雛流しの吟行に行く。雨が降ってきたので、流す雛を流れに置くまでは濡れてはかわいそうなので、傘を差しかけているのだ。雛への優しい労りの気持ちがうまく表現されている。

「昭和の記憶」（平成二十四年〜二十七年）

満 月 を 出 迎 へ る 雲 送 る 雲

長き夜を「激浪ノート」読み返す

ほ ろ 苦 き 昭 和 の 記 憶 夏 の 雲

書を曝す夫折る頁折りしまま

松籟の空に高鳴る仏生会

弟子らみな老いて海見る誓子の忌

満月を見ていると面白い。月が動くのか雲が動くのか。この句は出迎える雲、送る雲と、雲の動きをたくみに捉えている。

『激浪』は山口誓子の第五句集。「激浪ノート」は、誓子先生の句について書かれた桂信子先生の書である。序に「激浪が出たことをきいたが、手に入らなかったので、伊丹三樹彦さんにお借りして筆写することにした。(以下略)」とある。昔の人は大変だったのだと実感する。私は邑書林句集文庫の山口誓子句集『激浪』、桂信子「激浪ノート」を持って愛読している。しのぶさんも長き夜にその本を読み返しているのだ。

「昭和の記憶」は、あの八月十五日の終戦の日を、ほろ苦き気持ちで思い出されているのだろう。まだ十四歳の子供だった。ほろ苦く嫌な想いがよみがえってくる。「書を曝す」は書物に風を通すことで、土用干しとか曝書のことを意味する夏の季語。読書家の御主人の本を土用干ししているが、頁の折ったところはそのままにして、御主人がどんなところに関心を持っていたのかと、いろいろと昔のことを思い出しているのだ。

仏生会は四月八日の釈迦の誕生日、それを祝う法会のこと。その日に松に吹く風の音が空に高鳴っているのだ。いかにも仏生会らしい。

誓子忌は山口誓子先生の忌日で、平成六年三月二十六日。九十二歳だった。誓子先生が亡くなって二十年、弟子もそれぞれ歳をとってきたものだと淋しい思いをしながら、誓子先生が愛した三重の海を見ているのだろう。歳をとったことを実感する。

『桜人』に桜の句は二十二句と案外少なかったが、どれも素晴らしかった。矢張り故郷をこよなく愛し、故郷・津山を誇りに思っての日々の生き様がよく表出されている。私の好きな桜の句には、

花を見て女人堂より引き返す

落花して地霊を鎮む吉野山

水の面に立ち上がりたる夕桜
灯を消して大いなる闇花の山
山山に神の配置の山桜

がある。写生がよく効いた力作である。
五十年におよぶ俳句人生、それも山口誓子先生一筋での句作は、矢張り一本筋が通っている。「即物具象」「寄物陳思」と口では言っても実作ではむつかしいが、しのぶさんはうまく自分のものにされている。「写生構成」も立派にこなしておられる。くれぐれもお身体に気をつけて頑張っていただきたい。

平成二十八年八月一日

塩川雄三

句集　桜人——目次

装丁原案　下條珠子
装丁　宿南　勇

句集　桜人

さくらびと

花筵

平成十年～十三年

霏霏と雪砂丘の馬の飼葉桶

花を見て城の隅隅まで歩く

水の面に立ち上がりたる夕桜

吊橋を渡る日傘を脇挟み

信号の先も信号鰯雲

金箔の浮く茶を喫す萩の寺

尼寺の磴にもつるる秋の蝶

紅葉冷え大和座りの阿弥陀仏

楮晒す竿一本を重石とし

楮晒す指の感覚失せてゆき

薄き膝正座崩さぬ花筵

梅白し遊女の墓は海沿ひに

下萌を来て天平の礎石踏む

花を見て女人堂より引き返す

郭公に耳そばだてる調教馬

庭に来て鹿の子の歩む奈良ホテル

親子鹿苑の濁流渡り行く

梅雨大河上流下流とも見えず

五月雨に濡れて赤濃し浮舞台

一花にてよし禅寺の末草

民宿は妻に任せて鮎を釣る

補陀落の海より帰る鰹船

新刊のページをめくる青葉風

放つまで稚魚の水替ふ放生会

掌に伝ふ大砲の冷え五稜郭

秋日濃し韓王宮の石畳

落葉踏むこの道百済敗走史

仏冷ゆ施無畏の御手黒ずみて

飛鳥仏仰ぐ冷たき板の間に

枯堤歩く対岸にも一人

流し雛無人の駅の混み合へり

靴脱ぎに紅緒の並ぶ雛祭

初音聞く真珠の海を見下ろして

蛙鳴く古代史講座始まつて

はや誰か天守に聳てり朝桜

花の下母の形見の博多帯

女滝にも決断のあり水落つる

太陽を引つ張つてゐる蜘蛛の糸

草矢射る教へてくれし父に向け

盆踊り山の容に山昏るる

稲刈つて火の見櫓を立たせ置く

霊山の八百八谷葛の花

梅探る母の歩けるところまで

凧揚がるダム予定地の天深く

桃咲いて裳裾棚曳く讃岐富士

手向けとすガラスコップの蕗の薹

気負ひ無き退任の辞や鳥雲に

一対といへる眩しさ雛飾る

死火山の懐を出る春の水

烏賊船の父の灯に向く机の灯

暗闇へ摺り足で引く薪能

薪能怨霊床を踏み鳴らす

北京　八句

長城の風に畳める白日傘

重陽の月餅を買ふ旧租界

遠雷やゆつくり淹れるウーロン茶

蓮の花西太后の湖濁る

清朝の裔にて運ぶ筆涼し

草の穂の屋根にそよげる紫禁城

長城の四千年の灼けに触る

大西日人満載の竜頭船

霧を行く身内の鈴を鳴らしつつ

千歳飴動物園の猿に見す

花見酒

平成十四年〜十七年

雪嶺に向かひフルート吹きはじむ

無人駅除雪スコップ備へあり

雪晴れの木戸より牛が顔を出す

凍滝の芯覚めてゐて水の音

探梅の行きも帰りも富士を見て

冴返る鍛冶一代を限りとし

燕来て空の広がる隠れ里

蛙鳴く曲り腰にて歩の早し

洗ひ髪星をつぎつぎ誘ひ出す

藩主墓いづれも若し栗の花

太初なる闇に蛍の曼荼羅図

夏の風邪癒えず長編読み終はる

目を残し表も裏もなき日焼

畦刈つて青田一枚づつにする

淋しくて蘂絡ませる曼珠沙華

一両の電車の後を草の絮

国引きの海に日矢射し神迎

神迎浜の続きに漁の船

病院を抜けてどんどの火を囲む

コーヒーにかりそめの泡鳥曇

因幡路に買ふ大ぶりな蓬餅

啓蟄の竹林を揉む風の音

紅梅に波重ね来る駿河湾
代々の雛を飾りて独り住む

げんげ田に山羊繋がれて円を描く

城普請花見弁当届きけり

海峡を隔てて霞む鉄の街

森に入る翅水平に夏の蝶

蜘蛛の子を散らす静かな刻満ちて

退院し川を見に行く鮎漁師

書を曝す薄き頁の創刊号

昼寝の子海に手足を置いてきし

縄文の一如の祈り蟬時雨

渡り来し島には島の蟬時雨

風入れる出雲風土記の神々に

秋の蝶石に止りて石になる

盆僧のバイクの走る坂の道

銀河濃し一夜泊りの母の家

闇深き熊野に懸かる天の川
底無しの沼に射し込む望の月

杉玉吊る一筋町に新酒の香

旅にゐて早起きの癖鳥渡る

三年坂過ぎ二年坂鵙日和

除夜焚火燃える神札仏札

旧正の餅を並べる荒筵

潜りては上流に浮くかいつぶり

節分祭待つ鬼の子が鬼ごつこ

ゴルフ場何処より揚がる奴凧

千枚田一斉に上ぐ雪解靄

水叩き泥を叩きて畦を塗る

藁灰の香のほんのりと春火鉢

花見酒仏と酌んで酔ひにけり

うつし世の家族といへる花筵

そろそろと試歩ちらちらと桜散る

落花して地霊を鎮む吉野山

義経の鎧小さし花の冷え

全力で逃ぐる蛍火ゆらゆらと

蛍出る風が竹林揺さぶつて

雲切れて星の瞬く蛍渓

看護する日々を点滅蛍籠

太陽を筵に集め梅を干す

田植機の手抜き補ふ老いの手に

湧き水のせせらぎとなる音涼し

真円と楕円交互に揚花火

伯耆大山　五句

新蕎麦をすする朱塗りの行者椀

秋の蝶三途の川を渡り行く

緒のゆるき宿の庭下駄小鳥来る

露しとど牧に黒牛かたまれる

僧兵の荒行の渓落葉とぶ

冬桜樹下歩調とる人のあり

日の欠片啄んでをり寒雀

光るもの光つて応ふ寒入日

折れ針に光の残る針供養

どこまでも筒抜けの空合格す

春愁のコードのもつれイヤホーン

遺伝子の連鎖のごとく蝶もつれ

滝落ちる命知らずの水の玉
たつぷりとあるわが時間夕焼ける

草取つて草とつて母老いにけり

麦茶提げ搦手門を城大工

お化け屋敷お化け屋敷と子が走る
送馬灯廻る彼の世の速さにて

着きたくば皆ついて来い草虱

吉備平野動きゐるのは寒鴉のみ

今日の風選んで紅葉散りにけり

秋灯下

平成十八年〜二十年

鹿児島・知覧　八句

浮き寝鴨流れにあつて流されず

冬の雲動かず暮るる桜島

鶴数へ終へて鶴守朝餉とる

鶴来る一家族また一家族

特攻機征きたる空の風花す

特攻の地下壕落葉吹き溜まる

色褪せし軍事郵便石蕗の花

石蕗咲いて特攻宿のハーモニカ

海鳴りの遠く聞ゆる寒牡丹

雪道をロボット歩むごとく行く

大雪の家に休暇の子が帰る

フルートの銀管磨き卒業す

移る世に細き眼の古雛

灯を消して大いなる闇花の山

紅椿いま落ちたるを拾ひ上ぐ

山笑ふ願ひ石乗る大鳥居

葦の芽に波ひたひたと手漕舟

水郷の落花分けゆく手漕舟

鶯の鳴くケーブルの始発駅

羅を入れて重たき旅鞄

どこまでといふ決まりなし蝸牛

水牛を追ふ少年の濃き日焼

田植機の目測時に狂ひけり

鉄筋の校舎に寄せる青田波

減反の田に捨苗が穂を垂らす

青芒伐つて作州鎌試す

灯を消して銀漢窓へ引き寄せる
小鳥来るこの街が好き城がすき

夫読みしもの読み進む秋灯下

浦祭海へ太鼓を打ちこめり

秋祭番所に昼の灯を点す

下駄と傘備へてありぬ紅葉宿

凍て厳し三猿座る棟瓦

暮早し合掌部落灯点せる

山眠る化石を蔵す渓を抱き

常のごと起き出でて立つ初厨

鏡餅割るに男の力欲し

生きるとは砂を吐くこと寒蜆

百人の僧の白息床を拭く

女正月先立たれたる者ばかり

山山に神の配置の山桜

水没碑全山の蟬鳴きしきる

歩く人走る人あり若葉道

蛮声を嗄らして仕切る大神輿

白壁の櫓一閃夏燕

絶食の後の白粥敗戦日

行き先は仏に告げて菊日和

秋天を発止発止と棒使ひ

神々の声は子の声里神楽

橋渡りきれば時雨の晴れてゐし

真白なる山に日当たる初景色

寒星を空にちりばめ誕生日

冬日燦直哉旧居の子供部屋

春の雷太陽の塔前のめり

美作は念仏一途木の芽風

法然の真筆懸かる竹の秋

蛇に遭ひそれから何も覚え無し

石一つ植田の水を自在にす

畦道の草に紛れず余り苗

監視員蛍火ざつと数へ去る

ペン確と持ちたる遺影夏深し

大暑にて風より軽き六神丸

夕焼けて天の奏楽始まれり

園丁の一言応ふ秋の暮

だんじりの鉦の音闇を分けてゆく

新米を提げていつもの庭師来る

抱かれし紅のかたまり七五三

除夜花火僧鳴く犬を宥めをり

玄室

平成二十一年〜二十三年

一畳を戴きて寝る遍路宿

種芋の青ざめてゐる縁の下

松の芯寂と前方後円墳

玄室の巨石に滲む花の雨

下萌を踏んで古墳の上に立つ

大師の影映す讃岐の水張田

先客はおはぐろ蜻蛉山の宿

法要の境内に散る山法師

子燕の巣立ちしあとの土間を掃く

はたた神一度立ち去り夜半戻る

水を打つ身の振り方を決めてきて

腕貫に透く僧の腕日焼け濃し

神輿舁く胸に大きな守り札

丸刈りの向かう鉢巻神輿舁く

一点を見つめて吹ける祭笛

大通り縦横無尽山車走る

墓石に自刃とありて身に沁みる

手で払ふ仏足石のこぼれ萩

長き夜のペンより重きもの持たず

山脈を縦割りにして稲光

片言の鸚鵡返しの初電話

雪を掻く誰も無口になつてゐて

日の射して人声のぼる枯木山

時の間に女牡蠣山打ち崩す

芝焼きの火が小走りに舐め尽くす

紅梅の一枝挿しあり案内所

遠く来て城の落花を浴びゐたり

舟溜り船も燕も出入りする

巣燕や潜りの低き島の家

草むしり草に癒され悩まされ

大名の長き家系図梅雨湿り

沙羅の花闇に白線引いて落つ

暑に耐へてなすこともなく爪を切る

持ち時間ぎりぎりまでを夜の蟬

彼岸花車窓に燃えて一人旅

競りに出す牛に雑煮を食べさせて

凧の糸犬を躾けるやうに引く

用瀬・流し雛　四句

こつぽりの鈴の近づく流し雛

手を離れ雛早瀬に逆らはず
流すまで雛に傘を差しかける

雛の町左は出雲右は京
物の怪の足に纏はる桜の夜

桃摘花青青と空透けるまで
筍に深手負はせてしまひけり

田を植ゑて山を大きく坐らせる

山山に音のぶつかる大花火

断崖に雲湧き上がる沖縄忌

盆提灯吊つて我が家を浄土とす

稲光仏壇の扉を閉めに立つ

独り居の至近にて鳴く法師蟬

褒められも貶されもせず柿を剝く

屈葬のごとく炬燵に居眠れり

沈めても沈めても浮く冬至柚子

昭和の記憶

平成二十四年〜二十七年

赤米の粥のすずしろ透き通る

ふり向けば晩年の山みな霞

ひざまづき殉教の地の草むしる

耶蘇の島包む大夕焼長し

青鷺の孤独日ごとに深まれる

夕立の去って西空力抜く

ほろ苦き昭和の記憶夏の雲

書を曝す夫折る頁折りしまま

仮の世に残り幾度魂送る

満月を出迎へる雲送る雲

薄雲の胞衣《えな》脱ぎ捨てて月速し

長き夜を「激浪ノート」読み返す

生身魂強き握手を返すなり

階段を上り下りして月を待つ

足弱のズボンに縋るゐのこづち

地芝居の果てて藁焼く香を帰る

山山の襞を正して初日待つ

どんどの火熾りて朝日焦がしけり

松籟の空に高鳴る仏生会

着任の校舎に燕来てゐたり

婚の家まだ濡れてゐる燕の巣

手作りの新茶振る舞ふ山の寺

充ちたりし刻の流るる牡丹寺

帽子脱ぎ老女咳まるる祭獅子

黒髪の日に戻らんと洗ひけり

夏木立論語素読の声透る

満月をもう一度見に出て眠る
みな沖を向いて立ちゐる秋の浜

紅葉明かり碑を見る裏も見る

一つなほ高きを目指す爪

芽吹く木に海のにほひの誓子館

弟子らみな老いて海見る誓子の忌

梅匂ふ歌舞練場に灯の点り

湖に足跡残し鴨帰る

竜神の弟子となりたる青蜥蜴

梅雨籠りだるま大師の軸掛けて

火を消して頭上を風となる蛍

どの子にも一匹おまけ金魚売

ラムネ玉抜いて昭和の音を聞く

兄征きし昭和のホーム草茂る

早川つぶやくやうに泡流る
曼珠沙華途中下車してみたくなる

跋

句集『桜人』は、岸しのぶさんの第二句集である。第一句集『流水』の序で、夫の岸正儀子氏が指摘された、「小気味いい」「平明」で「潔い品格」のある作風は、この句集でも指摘できる。
たとえば、次のような作品。

楮晒す竿一本を重石とし
枯堤歩く対岸にも一人
暗闇へ摺り足で引く薪能
水叩き泥を叩きて畦を塗る

青芒伐つて作州鎌試す

百人の僧の白息床を拭く

石一つ植田の水を自在にす

山口誓子先生の教え、「写生構成」「即物具象」「寄物陳思」を守り、格調高く詠い上げておられる。

さらに、この句集の特色の一つとして挙げられるのは、亡きご主人の正儀子氏を詠まれた作品の多いことである。夫唱婦随で、いつも仲良く句会に参加されていたお二人のことが、懐かしく思い出される。

夫読みしもの読み進む秋灯下

尊敬する夫の読んでいた本を、自分も熱心に読む。「秋灯下」の季語の働きによって、亡き夫への思慕の情が、十分に伝わってくる。

盆提灯吊つて我が家を浄土とす

夫のために盆提灯を吊って、我が家を浄土とする。「我が家は浄土なる」ではない。「浄土とす」には、作者の強い意志が感じられる。それは、とりもなおさずご主人への強い愛に他ならない。

仮の世に残り幾度魂送る

書を曝す夫折る頁折りしまま

このように、亡きご主人への愛情深い作品を作られるが、語られる言葉は非常に平明で、しみじみと読者の胸に染み入ってくるものばかりである。

三つめの特徴として、理性的で格調の高い作品群の中に、ユーモアの感じられる作品の見られる点を指摘しておきたい。

種芋の青ざめてゐる縁の下

「青ざめてゐる」が面白い。恐怖や体の衰弱のために血の気を失った状態で、人間に用いる表現を、縁の下に置かれた種芋に使用したところから諧謔味が生まれた。

　　凧の糸犬を躾けるやうに引く

「犬を躾けるやうに」が発見である。凧をペットのように表現したところが斬新。

　　竜神の弟子となりたる青蜥蜴

「青蜥蜴」を「竜神の弟子」に見立てた点が面白い。「弟子となりたる」という大仰な表現も、諧謔味を出すのに成功している。

第一句集の序の中で、正儀子氏は「何とない諧謔味」と作風を指摘しておられたが、さらにその方向を一歩進められた感がする。

最後に、戦争を題材とされた作品を挙げておく。

　　断崖に雲湧き上がる沖縄忌

　　兄征きし昭和のホーム草茂る

二句目は、

ラムネ玉抜いて昭和の音を聞く

とともに、この句集の最後に置かれた作品である。「兄征きし」の句は、平成二十七年「第十九回毎日俳句大賞」の金子兜太賞を受賞された作品である。「征きし」「昭和」、そして夏の季語の「草茂る」から、出征され、おそらく戦死されたのだろうということが想像される。

一見、淡白で事実のみを詠んだ作品のようだが、選び抜かれた一語一語の積み重ねによって、読者に広がりと深みのある鑑賞を可能にさせている。しのぶ様のもっとも個性の発揮された作品である。

今後は、この「昭和」をキーワードに、多くの体験を俳句という作品によって、戦後に語り継いでいただきたいと思う。「築港」の塩川雄三主宰の元での、ますますのご健吟、ご活躍をお祈り申し上げる。

平成二十八年八月

柴田奈美

あとがき

「天狼」終刊後、平成十年に第一句集『流水』を上梓いたしました。夫の没後、句作は何よりも生きてゆく力となり、生きる喜びでもありました。今もきっと、かの世にて励まし、見守ってくれていることと思います。

このたび、私の歩んできた道の証として、発表句の中から三一四句を選んで第二句集『桜人』として纏めることにしました。かつて『流水』の鑑賞をいただいた先輩から、次はぜひ個性溢れる句集を出すようにとのアドバイスをいただき、背を押されたように思います。未熟の域を抜け切ることはできませんが、「天狼」の精神である「写生構成」「即物具象」「寄物陳思」を胸に、平明を心がけ作句したものです。

私の住む津山は桜の名所であり、また長い冬、底冷えのする盆地の街で、人々は城跡の桜を愛し、美しく開花するのを待ち焦がれているのです。『桜人』は、桜を愛で詠む人という意味でタイトルとしました。

「天狼」以後は「築港」の塩川雄三先生に大変お世話になり、ご多忙中にもかかわらず懇切丁寧な序文をいただき、誠にありがとうございました。また、あたたかい跋文をいただいた柴田奈美様にも心からお礼申し上げます。故・山口誓子先生、先輩方、心の支えとなりました亡夫にも心からお礼申し上げます。

また、お声をかけてくださり色々とアドバイスしていただいた「文學の森」の皆様に、厚くお礼申し上げます。

平成二十八年九月吉日

岸　しのぶ

著者略歴

岸しのぶ（きし・しのぶ）　本名　信子

昭和６年１月27日生れ
昭和40年　「天狼」入会
平成７年　「築港」入会、同人
平成10年　第一句集『流水』上梓

俳人協会会員

現住所　〒708-0052　岡山県津山市田町109
電　話　0868-24-0847

句集　桜《さくら》人《びと》

発　行　平成二十八年十一月一日
著　者　岸しのぶ
発行者　大山基利
発行所　株式会社　文學の森
〒一六九-〇〇七五
東京都新宿区高田馬場二-一-二　田島ビル八階
tel 03-5292-9188　fax 03-5292-9199
e-mail mori@bungak.com
ホームページ　http://www.bungak.com
印刷・製本　潮　貞男

ISBN978-4-86438-537-4　C0092